自轉星球

在自己的小宇宙裡　用眼睛　看見世界真實的樣子

身後是牽腸掛肚、依依不捨的妻兒；

遠方則是朝思暮想、一別經年的父母與兄姊。

往前往後都是團圓，只是不同的對象而已。

孫大偉

1952.12.06－2010.11.07

往前往後
都是團圓

我環島回來後就試圖寫日記，
把它寫下來，
共騎了 19 天的環島；
可是結果發現我第一天都還沒有完，
就已經寫了快兩萬字，
覺得滿可恥的，
光一天就都可以出一本書了。

──孫大偉

前

世

陽光好強、天空好藍、水溫好冷、動作好慢、四周好靜、胸口好悶、呼吸好難……他覺得自己好像是溺水了。

二〇〇三年九月二十八號，理應是孫大偉在人世的最後一天。

那天中午，在台東市郊卑南溪出海口的人工湖裡，他像一尾缺氧的魚，死命拍打著身體，努力地想把嘴巴嘬成一支煙囪好伸出水面，希望能多吸進幾口寶貴的空氣。

在總長度一公里的水道裡掙扎，他覺得天地間彷彿只剩下自己一個人在水裡孤伶伶地載浮載沉。四周靜得孤寂，雙手划水的聲響和大口喘息的聲音，從水中聽來，有點像夢境一樣遙不可及。

是不是大限的時辰到了？是不是該回顧自己的一生？但是，首先好像應該想清楚的，就是本來好端端的坐在台北家裡的沙發椅

上像個大爺，怎麼這下子卻整個人掉到台東涼涼的水裡，並且即將成為明日報紙新聞裡的浮屍。

這是台東的主辦單位，特地為陳昇加演一場的鐵人三項。因為預定一星期後上場的正式比賽和陳昇的台東演唱會撞期。主辦單位貼心，為了吸引更多的知名人士來台東共襄盛舉，他們願意暖身預演、加忙一場。

這天下場的選手盛況空前，伸出雙手、十個指頭就能數完。不像正式比賽時的參賽人數、既使沒有成千、至少也有幾百。

下水的有陳昇和他身邊的幾位小朋友、主辦單位派出來陪跑的樣版鐵人、再加上一位臉色蒼白、高齡五十一的怪叔叔。他去年也曾經報名參加、並且讓眾人跌破眼鏡、以四小時七分二十五秒的成績完成比賽。他的名字就叫孫大偉。

陳昇是受他慫恿才來報名的。正確地說，陳昇是受到竟然連孫大偉也能完成鐵人三項比賽的刺激才決定出馬。也因為如此、基於肇事者應負的責任，他覺得自己有義務捨命陪陳昇走這一遭。

　　何謂鐵人三項？就是游泳一千五百公尺、自行車四十公里、跑步十公里，並且這三項必須要不間斷地一次完成。

　　當然，也有在里程上縮減或是加大的所謂迷你鐵人和超級鐵人；或是因為地理環境特色而增加其他比賽項目的特種鐵人。不過，不論鐵人規格有多少，游泳、自行車和跑步這三項，是國際公認的鐵人標準配備。

　　為什麼游泳要擺第一項？原因簡單，因為比賽才開始，選手體力正旺、電池滿格，下水時信心滿滿、上岸時也比較會平平安安。如果主辦者突發奇想，把游泳調到最後一項，在經過了自行車的折磨和跑步的耗損之後人再下水，是很容易游著游著就在水

面消失了蹤影。尤其是當千百人一起爭先恐後地游泳時，水面會像煮沸的開水一樣翻滾飛騰，此刻如果有人下沉變成潛艇，除了當事人自己，旁人很難及時發現。

話雖如此，這回孫大偉卻正是在上陣第一回合就被游泳擊倒。別人已經游過了折返點，甚至有的可能都上了岸，他卻還賴在水裡跳著芭蕾。

幸好這回只有個位數的人下水，所以每個人的狀況岸上看得清楚。救生員早就發現他的異常，他們沿著岸邊跟著他走，眼睛注視著他的一舉一動，隨時準備跳下水去救人。

再奮力掙扎一下吧！被拖救上岸是很丟人現眼的！

他不斷地在心中這麼告訴自己。失掉面子，對男人來說比掛了還要難以接受！何況他當過森林解說員，也接受過 CPR（心肺復

甦術）的訓練。讓一個猛男型的救生員對著自己做口對口人工呼吸？想到這個畫面就讓他突然增加了一股划水的動力。

以往大約四十多分鐘就能完成的游泳項目，終於，在自己嘴巴的「千呼萬喚」之下，他大約花了五十幾分鐘才摸到岸邊！

陳昇已經先到了好一陣子，還在耐心地等待他踏上自行車踏板一起出發。這像是一場老男人的手牽手遠足，沒有商業戰場上你死我活的無情輸贏。

沒有人上前來關心他的身體狀況。男人相處，要顧到對方的顏面。如果真的有人上前詢問，他也一定回答：「沒事、沒事、只是覺得水有點涼！等下騎上自行車活動活動就好了！」

當然，有可能是別人將他的反常，看成是他的正常。而何謂正常？何謂反常？往往只有長期相處的人才能體會。甚至有時連自

己也會矇在鼓裡。尤其是男性，從小受到的訓練與標榜，就是要學著漠視忍受血肉身軀的不適與痛苦。打落門牙能夠和血吞下，才是男兒豪傑本色！

噁心、反胃、胸悶、盜汗、這些身體發出的警訊，他不是視而不見，而是認為理所當然、置之不理！吃得苦中苦，方為人上人。想要當鐵人，當然要付出一些泥人承受不起的代價。

強忍著難受，換上了自行車服，大夥集合，在紅布條與大太陽的見證下，他們拍下了一張可能是他今生最後的留影。那張合照中，只有他一人雪白著臉，跟浮屍一樣的面無血色。

騎上自行車，一出發上路就是上橋的爬坡。搖搖晃晃、咬牙切齒、他勉強騎了上去。胸口不只悶、還開始劇痛；冷汗一波波襲來、伴隨著一陣陣頭皮發麻；食道灼熱、反胃得很想嘔吐……他像個洩了氣的皮球，拼命蹬著腳跟想要升空飛翔，卻好像少了那

口氧氣。

在中華大橋上騎了不到一百公尺，他停了下來，故作輕鬆、輕描淡寫地自己跟自己宣佈退出比賽。從隊友不敢置信的眼神裡，他察覺到內心襲來前所未有的疼痛！

將自行車架上補給車時，他抬頭看到的藍色天空，顏色竟然深得近乎黑色。那是相機鏡頭加上偏光鏡後才有的現象。另個奇特的體會是寒顫一個接著一個、雞皮疙瘩像螞蟻一樣地渾身亂爬，而他卻是杵在台東的艷陽底下。

爬進汽車、在駕駛座的右方座位、穿上夾克、圈著身子、他像瘧疾發作一樣無助地窩著。

該不會是心肌梗塞吧！？他心中響起這個疑問。四哥就是四十九歲那年突然這麼走的。而今年他也已經五十一歲了，同樣

有著血壓高、心律不整的問題……

應該不至於吧！？爲了掙脫這種家族遺傳的宿命，他已經在健身房裡持續運動了快兩年！其實說運動還算謙虛，以他每回的活動量來看，稱之爲鍛鍊，似乎還挺中肯。

一星期不會少於四次。每次暖身十五分鐘、重力訓練三十分鐘、室內自行車騎一小時、跑步機少說三十分鐘、時間充裕的話還會加上游泳……

一般人的脂肪比大約是二十五，而他已經降到了十六！聽說自行車界的傳奇阿姆斯壯的脂肪比只有五。他離阿姆斯壯雖然還有一段遙遠距離，但是至少腰上套了好多年的那個救生圈，已經甩掉了一兩年！

除了運動，他還經同學介紹，參加一個知名健診中心的保養計

畫。不但抽血檢驗對食物的過敏反應，還定期地檢測膽固醇、血脂、和各類賀爾蒙……對了，他也老老實實地吊掛過三十次的點滴，聽說可以清洗血管壁，之前之後也做心臟超音波來對比！

這種做法和理論，聽在許多正統醫生的耳裡，反應都是嗤之以鼻。在他們眼裡，那全是旁門左道。在他看來，這是當權的主流派對邊緣的改變必然會有的反應。其實，今日的主流往往正是昨日的異端邪說。這種事並非只在醫學領域發生，政治、科技、藝術、流行、甚至小到他賴以為生的廣告領域、想要舉例也是隨手一抓就一大堆。

不過，話說回來，攸關自己的小命，還是不要鐵齒嘔氣，人家說東你偏要說西。所以，國泰醫院他還是定期會去打卡報到。羅醫生照顧他的心臟已經超過十年！而健診中心呢？同樣沒有一次缺席！主要原因是那裡的護士美眉不輸廣告公司的盡職 AE，她們會用電話事先連絡，不只緊迫盯人、還會要求進度。

在出發到台東之前，為了慎重，他也特地請祕書拿著他在健診中心做的檢查數據去請教羅醫生。得到的答覆是如果資料無誤，表示身體狀況很好，應該沒有問題！

　　那麼，此刻的身體情形，到底是什麼問題？在沒有想清楚答案之前，他怎能丟下陳昇，先行離去？！

　　坐著同事開的車子，跟在陳昇後面，大約花了一個半小時，陪騎了四十公里。其間還目睹一個意外；綽號傻笑的小帥哥，邊騎邊伸手拿補給車遞出來的飲料，結果跌了一跤、摔得很慘！傻笑是個英國念書回來唇紅齒白的白面書生，大偉擔心他從此破了相！幸好，一年後看見傻笑又出現在一支日本啤酒的廣告裡，依舊俊美如昔。不過，聽說傻笑現在害怕騎上自行車。

　　剩下最後十公里的跑步！陳昇在起跑點瞪著他特有的圓眼珠打量著大偉，一方看來遊刃有餘，而另一方卻已氣若游絲。

真的再也撐不下去了！

他平靜地跟陳昇告別、並且致歉！表示自己無法在對方通過終點線時為朋友見證、歡呼，他必須先行離去。

陳昇沒有表情，依舊瞪著他的牛眼睛。顯然甲狀腺有些亢進。

車子離去時他搖下窗子，拋下矜持，用最後的一口氣嘶吼了幾聲：「陳阿昇…加…油…陳阿昇…加…油……」真氣不夠，但是誠意十足！

過來的決定、不只醫生聽了會昏倒、所有殯葬業的從業人員聽

了都會歡喜！因爲他決定去知本泡泡溫泉，希望藉著水溫來提升有點發涼的體溫。

好像名稱叫東遊季？由農會經營。新開張，不只設備新，連池邊的水泥和服務人員的態度都有些生澀。因爲假日，大眾池裡擠滿了人，每個人都像是排隊待煮等著下鍋的餃子。

坐在池邊，他只能把兩腳插在溫泉裡。並不是人擠成這樣，而是只要身體多一分浸到溫泉裡，人就會多一分難受。雙腳都燙紅了，上半身卻在打著寒顫！可能是已經入秋的關係？並且…太陽也就快要下山。天色暗了。該回家了。

躺到熟悉的床上，這是他心底最深處的依戀！？不過，回家的路有多漫長？他心知肚明，順著東部往北飆車，少說要八個小時才能開到台北。途中還要摸黑經過難搞的蘇花和北宜。而此刻唯一能仰仗的駕駛，卻是一個從來沒有山路駕駛經驗的美眉！

如果先往南，繞過南迴公路到高雄，再走高速公路北上。距離雖然比較遠，但是路況好走，並且時間也會縮短在七個小時之內抵達台北。如果中途發生狀況，醫院也比較好找。

這並非判斷，而是經驗。他擔任過台東知本國家森林遊樂區的森林解說員，曾經有段時日，一到周末就要開車台北台東來回奔波。

一起出遊過的人都知道，他的習性一定是自己死命握著方向盤。一方面他是真的喜歡開車，覺得像是在打臨場感十足的電玩；另一方面，他不喜歡自己的行動方向由別人掌控！

很不幸，這回他只有困坐在駕駛右邊的觀眾席，眼巴巴地透過車子前窗，看著前面一輛又一輛的大卡車張牙舞爪地迎面撲來。他的右腳本能地會往前用力，做出踩煞車的動作。然後在每次都發現又踩了個空的驚惶中，那些存心惡作劇的鋼鐵玩具卻又放過

了他，用氣壓喇叭嗓音狂笑著一路揚長而去！

他已經無法分辨，身上的冷汗是來自持續的胸悶、還是會車時的驚嚇。太麻里、金崙、大鳥、大武這些鄉鎮，也像會飛行的建築一樣地在他的窗邊一閃而過。開車的美眉以為自己開的是閃燈號誌全亮的救護車。

過了達仁，車子進入南迴山區。在每一個轉彎，輪胎都會發出唧唧的抗議聲。沒辦法，主人有難，它只有多多擔待。幸好它是四輪驅動車。

職業的本能，他在車內一邊左跌右撞一邊想起奧格威所寫的經典廣告標題：「時速六十哩的勞斯萊斯，最大的聲響，來自車內的電子鐘！」記得後來又有一個廣告搭它的便車：「時速六十哩的 XXX，最大的聲響來自輪胎。但輪胎不是我們生產。」

車子像雲霄飛車一樣衝過了南迴公路的最高點。那地方叫壽卡，往後就是一路的下坡。感覺車子好像雲霄飛車似地一路失速下滑，他的心臟驚恐地懸在咽喉位置，更是覺得堵住了呼吸。

　　天見憐，楓港到了，車子終於離開山區，沿著西南海岸往高雄奔馳。因為緊張而大量分泌的腎上激素也快速消散，癱在椅子上，他覺得自己已經軟化成達利油畫裡的時鐘。

　　天色已經暗了。中飯沒吃、晚飯也沒胃口、但是，突然非常渴望林邊的蓮霧。開過那段公路的駕駛都知，路邊的水果攤販比檳榔西施的攤位還多。照理說應該很容易就能買到蓮霧，其實不然，因為是別人的手正握住方向盤。

　　開車的美眉以為他心中一定有預定的目標，看見了就會出聲叫停；他也以為開車的美眉在選擇停車的時機和地點，遇有合適的就會減速煞車。於是枋山過去了、枋寮消失了、佳冬也再見了、

等到看見林邊的路牌時，他的心已經涼了半截、整個人萬念俱灰。

　　從來他就以為，到林邊街道上的水果攤去買林邊蓮霧，是一件很可笑的事。那和到台北的賣場超市買外縣市的土產沒大差別。買蓮霧一定要找攤位就擺在果園旁邊的才有意思，因為現摘現賣的才有蓮霧的在地香味！

　　車沒停、速也沒減、當林邊兩個字也在照後鏡裡消失後，他平生第一次藉著幾個看來似乎垂手可得，但卻又遙不可及的蓮霧，在很近的距離、很短的時間內，清清楚楚地感受到什麼叫做蹉跎！東港、林園又在自哀自嘆中過去了。過了中鋼廠區後，眼前就是小港機場的明亮燈光。駕駛艙突然傳出來一句機長的廣播：

　　「你可以坐飛機回台北！」

他又開始陷在一連串的自問自答裡：人不可貌相，這個提議倒是滿有開創性的。

搭飛機，只要一個小時就能回到台北！可是開車的人怎麼辦？讓她一個女人家開車回台北好像有違江湖道義！如果她也一起呢？可以把車停機場，明後天再託同事下來牽。不行！不行！車後懸掛著的那輛捷安特自行車肯定會被人當羊牽走！它可是去年伴他完成鐵人三項的革命伙伴！

車子的油門仍然踩得用力，駕駛完全不知道他的天人交戰，認為沉默代表否定。眼看著搭飛機的可能又將是一場蹉跎時，他打破一路的沉默，開口出聲喊停！

從知本出發後，這是他們第一次停車。就在小港機場旁。他並不是終於痛下決定改坐飛機，而是決定要與駕駛換位。他想自己手握著方向盤、腳踩著油門踏板、從高雄，一路飛回台北。

身體的不適，一路上並沒有改善。也正因爲如此，與其縮在那裡欲振乏力、坐以待斃，不如奮起餘勇、主動出擊。他想如果有點事做，可能會轉移身體難過的注意力！

這個看起來滿悲壯的決定，執行起來其實只有三分鐘熱度。從高雄小港上中山高，才過台南他就已經搖搖欲墜，於是在新營休息站他就從駕駛座被炒了魷魚。往後的行程，他只能放手，任由命運接手……很奇怪的，一路上他特別渴望的就是蓮霧，已經有點毒品癮發的反應，想到連手都會發抖！

夜裡一點，他們返抵台北。回到了熟悉的地方，他心就安了。駕駛想把車直接開到國泰醫院急診室門口，他則說明天中午，和客戶大董還有一個重要的廣告會議，他想回家休息。希望睡上一覺起來，一切就會風平浪靜。

探頭探腦地溜進了家門，戶長大人已在臥房就寢。他躡手躡腳

地爬上客廳窗邊那張兩個塌塌米大小的炕，指望能夠就此一覺睡到天亮。

才躺下去，他就知道那是妄念、奢想。因為只要身體一放平，就會氣血攻心、胸口特別鬱悶、想吐的感覺就更強烈。於是他只好抱著枕頭跑到沙發上斜靠著打盹。希望熬坐到天亮，又將會是一尾活龍。

凌晨四點，戶長內急，起床上廁所。看見客廳有燈亮著，於是出來巡視，發現平日眼中的死鬼，如今果真斜靠在沙發上，臉白得跟蠟一樣。急忙伸手到他鼻孔前探了一下，發現仍有呼吸！真情突然流露，把他輕輕喚醒，急切地請問夫君到底發生了什麼事？是不是身體哪裡微恙？

在神智昏昧的渾渾噩噩中被召喚了回來，他像逃家之後吃到苦頭的小孩，在惡夢中突然張眼見到親娘，內疚中帶著興奮，斷斷

續續、結結巴巴地把整個情形對著愛人同志全招了一遍。

慈母迅速翻箱倒櫃，找出一整排胃藥，叫他先嚼碎一顆吞下。他認識這個東西，因為很久以前替它做過廣告。內容強調的重點是一比一百倍胃酸。這種誇張的比例，老實說當年有點懷疑，但是好比當軍人的只有聽上級的命令行事。現在事情真的落到自己頭上，只希望它的藥效真的有那麼神奇。

吃完了藥，他以為事情總該落幕！
結果恰恰相反，好戲才要開始！

老婆迅速地翻閱家中的醫療百科全書，多年來他們的小牛和小馬都是照著這本書的指點養大。這本書是讀者文摘發行，他覺得那是世上少數值得信任的單位。闔上書後，老婆面色沉重地拿起電話，吵醒在中部當醫生的姊姊緊急求援。

他看看錶，現在清晨五點不到，電話那頭一定正在打呼睡覺！並且大姨子的職業雖是醫生，但卻是個牙醫！急病亂投醫的時候，能找到個獸醫都算慶幸。他只是胡思亂想、沒敢吭氣，一切太座全權決定。

按照牙醫的指示，給胃藥留一些揮灑的時間。十分鐘後，狀況還是一樣，反胃的現象並沒有改善。小玉命令他再嚼一顆胃藥。同時再度與牙醫電話連線，她們認為結論不是胃的問題。當機立斷，太太揪著他的衣領，連拉帶扯地想把他拎進離家五分鐘車程的國泰醫院急診室。

他當時很想躺在地上打滾、或是賴在地上哭號，但是無奈那已是四十多年前的看家本領，現在他的身手已經老邁生疏。

當時大約是早上五點。那個急診室他並不陌生，十多天前他才光顧過。那天他和幾位狐群狗黨一起到烏來山區的桶後溪去騎自

行車。當日的情境，只能用小學課本裡寫的風和日麗、鳥語花香才能真切形容。

回程下山的時候，老友倪桑把上衣脫了綁在車把手上，邊騎邊以老鳥的姿態提醒著他：下坡的時候要記得用大齒盤，否則容易因為速度快而一腳踩空造成摔跤。

話才說完，他就眼看著倪桑像特技表演般，人車一體、騰空而起，像慢動作示範一樣懸空翻了一個完美的三百六十度跟斗！武俠小說裡這一招好像叫做旱地拔蔥。

原來，是倪桑綁在車龍頭上的衣服，突然被捲進車前輪，造成了前輪緊急煞車。而當時正在下坡路段，車子後高前低、重心前傾，再加上速度又快，這時候前輪猛然鎖死、往前的慣性就把人甩了出去。

當物體飛到最高點，從上升變成墜落的那個轉換空檔，應該會呈現短暫的失重狀態，這可能就是他當時眼中的慢動作播放。

　　根據倪桑自己說，當時那記元寶大翻身，在空中飛舞的感覺，過程像是太空漫遊一樣。尤其是當臉頰最後落地的一瞬間，從眼睛貼地的超低角度，他看到一顆牙齒從自己嘴裡掙脫迸向柏油路面的特寫鏡頭。幸好，當時想到那是一顆假牙。

　　不過，倪桑的左手肘斷了、渾身擦傷。大偉開車載著他，在大白天裡把大燈全開、前後方向燈閃著、用媲美救護車的速度，從山區直奔國泰醫院急診室。也就是此刻大偉自己躺著的地方！

　　醫院是個奇特的地方，具有特殊的能量。誠品的老闆吳清友就曾經說過：醫院和書店，能讓人興起謙卑之心。不過，此刻的他，卻對眼前的急診室，抱著滿懷的好奇之心。

當人只能仰躺著，才知道看天花板有多無聊。當你停止不動時，才看出來護士的動作有多俐落。基本上，他覺得自己像是一輛比賽中途進站換胎、加油的 F1 賽車，幾位穿著白色制服的女性技工一擁而上，等她們一哄而散時，他的前胸已經貼上一堆心電圖的線路、手臂已經插上靜脈注射的針管、並且已經抽了一試管血去化驗、還有也打了一針消炎針。

值班醫生的長相斯文、談吐鎮靜。醫生的外貌很重要，會讓人心生安定。醫生判斷有兩個可能，一個是急性胃炎，所以先打了消炎針；另一可能就是心肌梗塞，所以抽血化驗，檢查血液中某種酵素是否升高，這項檢查需要大約五十分鐘時間。

不知道是消炎針發生了功用，還是孫大偉已經習慣了身體的異狀，他覺得自己好多了。在急診室裡躺著好幾床等待命運判決的病患中間，他可能是唯一一個躺著還要東張西望、眼珠亂轉、想東想西的過動兒。

其實，他知道第二種可能的嚴重性，這也是做廣告得來的知識——

十多年前，曾經有個醫藥類客戶要他發想心肌梗塞急救針劑的廣告宣傳。他反提出來的疑問是：這種當時一劑要六萬元的急救藥應該是賣方市場，那有需要對買方做推銷？它又不是消費者只要有錢就能買上一針來自己扎。應該努力的地方應該是建立通路關係和獎勵經銷商！也就是說要對醫院和醫生多下工夫。用今天報上刊載的具體示範就是：送直通官邸的黃副院長SOGO禮券、或是請駙馬爺趙醫師到三井聚餐，才是把錢花在刀口上！

雖然生意沒作成，但是他收穫了知識：心肌梗塞的急救黃金時間是六小時。心臟上的血管像河流一樣地負責滋潤它流域內的土地，那就是心肌。如果斷流超過六小時以上，那些缺血過久的心肌，就和乾旱過久的花草一樣，已經變成了乾燥花，之後再往上澆水，結果還是乾燥花，只是濕掉而已；好比餵木乃伊喝水，它並不會活起來，只不過是得到一具浸水的木乃伊！

完蛋了！他邊看著醫生和護士忙來忙去，邊板著手指偷偷計算從下水游泳到現在一共過了幾個小時？十個手指都不夠，足足比六小時又多出十個小時整！！心涼了半截，唯一的希望，就是檢驗出來的報告，能夠低空掠過，只是胃部發炎。

有一陣子，他曾經連續乾咳了兩三個月。不是清清嗓子似的輕咳、而是好像要把心肺都要嘔出來的嚇人聲勢。公司的老總何兄，建議他去孫逸仙防癌醫院徹底檢查一下肺部，他真的就去掛了號。

當他回公司的時候，有同仁關心地問他診斷結果，他用開心的語氣回答說只是氣喘！人家不解的問他，為什麼診斷出來是氣喘會那麼高興？他的回答是，因為其他看診的病人裡有人是肺癌。

快六點時，法官宣判了。
孫大偉、男、五十一歲、急性心肌梗塞。

沒有哀號、也沒有怨天尤人。男子漢願賭服輸、該付賭帳的時候，是好漢就要爽快、不能耍賴。他一生倔強，從不逆來順受，更不願意人前示弱。即使要被綁赴法場，他也會橫眉怒目，直視無常。

　　答案揭曉了！急診室頓時熱鬧了起來。經過了長久的等待與不確定，他彷彿終於領到了登機牌的旅客，在候機室由工作人員替他打理著一些登機前的檢驗和準備。

　　生平第一回，他戴上了氧氣。在這之前，氧氣對他來說，只是飛機起飛之前，空服員被迫演出的一段太極導引的演出道具。

　　機長趕到了。羅醫師個子不高，微駝，秀氣白淨的臉、配上一雙大眼睛，說話速度有點急，但是腦子運轉速度更快，看起來醫生比病人更像是應該得心臟病的樣子。

羅醫師是心臟內科醫師，照顧他的血壓和心臟已經好多年了！但是，直到這一刻他才知道，原來內科醫師也拓展業務到手術房；他向來以為手術一定是外科醫師的專屬。

經過三言兩語的解說，他搞懂了，像繞道手術、換心手術、那些須要動刀、動鋸把胸腔剖開的手術是心臟外科領域。而從動脈放一根導管到心臟血管裡出問題的地方吹氣球、放支架的手術則是屬於心臟內科範疇。

推上刑場還能吸收新知，滿好的。何況這現象正吻合了他原本的相信：今天的理所當然，可能是昨天的特立獨行。新的領域不斷擴張，舊的領域也不斷變形，新思維、新做法於是應運而生。

羅醫師一方面緊急聯絡手術小組成員、一方面四處調度加護病房的床位。後來他看書才知道，急性心肌梗塞手術後的二十四小時內，是最容易蒙主寵召的危險期。所以有些醫院，如果騰不出

加護病房床位，會建議病人轉院。

　　很多醫療糾紛，就是醫院和病患因為做決定的立場和取捨不同，所以對相同一件事做出完全不同的解讀。原來，醫生也和做廣告一樣，在狀況緊急的時候，對病人說得太少會導致誤會；但是如果鉅細靡遺、說得一清二楚有時反而又會誤事。

　　從病床的高度，仰著看著指揮若定的羅醫師，覺得矮小的他頓時變得高大起來。再看見身邊不離不棄的牽手，莊敬自強地簽收了一份醫院發出的病危通知，她的處變不驚，蘊藏一股女性特有的堅定韌性。

　　其實，最有資格抱怨的是她。一個良家婦女，在家安分守己的過日子，沒想到獨守空閨的結果，竟然換來一紙良人的病危通知，並且很有可能即將披麻戴孝、在眾人面前哭哭啼啼！這真的是、真的是有點不太公平。

急診室的醫生交班了。新接手的這位，相貌堂堂，體格壯碩，髮型微蓬，談吐和藹。十足醫院院長的造型，只是年紀稍嫌輕了一點。如果要拍日本那種白色巨塔的電視劇，眼前這年輕人絕對是個人選。

這是他的職業病，在別人眼裡，看他好像天天不務正業、隨時都在玩耍；從另一個角度看，其實他是連要進鬼門關前的那一刻，也都會聯想著和工作有關的事物。

很尷尬，初次見面，這位帥哥醫生竟然就要動手脫大偉的褲子。為了自己的一世清白，他用僅餘的縛雞力量，死命地拽住褲頭抗拒。在拉扯之間，他搞懂了，原來帥哥是要拿刮鬍刀為他刮鼠蹊部的毛，以便切開那裡的動脈，動心導管手術。

帥哥任務失敗了，去找羅醫師搬救兵。躺在床上驚魂甫定的他不斷告訴自己：遭報了！遭報了！他想到自己負責了多年舒適刮

鬍刀和飛利浦電鬍刀的廣告：「男人的刀，舒適牌刮鬍刀。要刮別人的鬍子之前，先把自己的刮乾淨。」「鬚鬍鬢髭，飛利浦，見毛就刮……」這些為了做廣告所造的業，沒想到要用這樣的方式來償還。

羅醫師又奔回來了！他對眼前這位扭扭捏捏、初次上花轎的老男人解釋，為了手術的順利進行，刮除陰毛是必須的動作。歐吉桑仍然試圖做最後的掙扎，覥腆地問道：「由男人來動手好嗎？！」羅醫師毫不含糊、立刻回答：「那就請護士來刮。」他的心防頓時被攻破，認命地鬆手，接受帥哥醫生的修剪服務。

七點，念國中的小馬應該到校的時間，他被推進地下一樓的手術室。滿好的，地獄只下一層。被推進電梯的時候，他這麼想。

老婆也進了電梯，站在他的床前，握著他的手，默默無言。他捏了捏她的手，雖然有些勉強，還是朝著她笑了笑。他慶幸自己

早在半年之前，SARS鬧得人心惶惶的時候，就已經寫下人生的
交代與遺言：

　　我，孫大偉，在心智正常的狀況下，因為看到媒體報
導，SARS在三、五天內就能奪走一個健康成人的生命。並且，
專家建議感染者必須立刻隔離，即使病危也不允許家屬探視、
死亡後兩小時內就要火化，以免病毒蔓延。

　　也就是說，如果本人不幸被SARS附身，可能就此失去與親人
話別的機會。所以，有必要在此預先寫下我的遺言……
　　……好了，該交代的瑣事已三言兩語就說完，至於對小玉的
虧欠與依依，是千言萬語也難說盡。

　　謝謝小玉，妳給了我至少二十年的美好時光、和天下無雙的
一對心肝寶貝。遺憾不能看到他倆長大，更遺憾不能和妳攜手
走向未來。

除此之外、我對我的一生很滿意。謝謝妳、謝謝大家！

最後是他的署名、簽字、日期、和紅色手指印。

這封留言他一直放在抽屜裡，也曾經告訴了小玉它的存在，但是小玉聽若不聞、視若不見。

這讓他有點納悶，因為結婚多年，小玉對他最常發出的微詞，就是他太投入工作與遊戲，結果忽略了對家庭應該負起的責任。而當他終於天良發現，做了件好像有點責任感的事，對方卻反而置之不理。

要登機了，送行的親友再多，當身後的鐵門一關，必須往前繼續前進的卻只能有一個人。

二十五年前，他從高雄開車到中興新村接小玉，然後再送她到中正機場，眼巴巴地看著她遠走高飛。當年他無照駕駛，車外風

雨交加，車內撒落的雨滴也唏哩嘩啦。當時，小玉並沒有承諾念完書一定會回來；他也沒有說出他絕對會痴痴地等待。他們有個默契，彼此心照不宣：如果兩人有心、如果命運允許，他們終會相聚。

現在，換成小玉為他送行。他不確定自己是不是能夠回來；但他知道，小玉要他回來。她在必須撒手放他一個人往前走的那一刻，對著大偉說：「穩住、別怕、我在外面等你。」手術室的金屬門在他身後關上。

好像忘了應該害怕，他反而有點像是經過了多年的遊蕩，終於踏上返鄉歸途的遊子。身後是牽腸掛肚、依依不捨的妻兒；遠方則是朝思暮想、一別經年的父母與兄姊。往前往後都是團圓，只是與不同的對象。

手術室很涼，加上儀器的擺設，讓人看了更冷！熱脹冷縮，加上緊張，突然想上一號。他是那種登機前一分鐘，也會趕到廁所撒尿的人。那已經是種儀式，哪怕只有幾滴，也是一種安心。

　　醫生會讀心術，竟然對著他說：「孫先生，等一下手術當中，你千萬不要亂動！如果尿急，就直接尿在手術台上。」這實在是件艱難的要求，對他這個過動兒來說，不要亂動比尿在床上更具挑戰。

　　他向來認為，高個子的醫生不適合在手術室裡為五斗米折腰。長期彎腰的工作，會讓脊椎軟骨突出、會壓迫到神經、會腰痠、會背痛、會腿麻、最後人會變得直不起腰。眼前動手的醫生果然

個頭不高。他戴著手術帽和口罩、穿著手術袍和醫療用手套、眼睛上還罩著一副大面積的淡茶色護目鏡。這種打扮適合搶銀行，事後不但很難指認，並且不會留下指紋。

還真的跟他想的一樣，醫生不但叫他把左手伸直，高舉過頭，還對他又說了一遍不要動！其實，他想動也不成，因為整個人已被皮帶一圈一圈地捆綁在手術台上。他想像自己是座自由女神，只是少了火把。

想到左手能夠高舉過肩，心中有點得意。五十歲生日前後，他發現自己竟然有了五十肩。那是有天伸手進衣櫥，往上四十五度角想拿件衣服，竟然發現手臂無法伸直，更可怕的是手卡在那個姿勢也不能縮回。

他花了好長一段時間做復健。像是做毛巾操、或是面貼著牆壁兩手輪流伸展往上攀爬……發現其中最方便有效的方法就是立

正站直，兩手輪流高舉過頭呼蔣總統萬歲口號。當然，有用的是做動作，不是喊口號。有了五十肩，喊破喉嚨，蔣公也救不了你。

從得到五十肩起，他每回看到新聞裡那些前仆後繼的新舊任官員交接，就會注意他們宣誓就職時舉手的角度。然後想像他們這個年紀，爲了這一刻的演出，一定都有不足爲外人道的辛苦和努力。

在他胡思亂想時，醫生可沒閒著。醫生在他鼠蹊部的動脈附近注射了麻醉針，用手術刀劃開動脈，在血管上安裝接頭，往裡伸入導管與導線，開始運用先進的科技，做類似水電工的工作。因爲不能動，他只能看到屋頂和眼睛餘光所包含的範圍，對周遭事物的理解完全仰仗聽覺和猜想。

他知道羅醫師是在另個相通的房間，注意著儀器和螢幕，用聲音指揮整個手術的流程。他也相信，負責動手操作導管、導線進

進出出的醫生，脫下醫師袍，個個應該都是電玩的高手。

　　讓別人在自己的身體裡面鑽來鑽去、忽進忽出玩著遊戲，而身體的主人卻什麼也看不到，他覺得受到排擠，時間變得難挨，於是開始一遍又一遍地默唸《心經》：「觀自在菩薩，行深般若波羅蜜多時，照見五蘊皆空，度一切苦厄。舍利子，色不異空，空不異色；色即是空，空即是色，受想行識，亦復如是。」

　　「舍利子……」羅醫師的臉忽然出現在他正上方的眼前。

　　「大偉兄，我們等一下要注射顯影液，你會覺得胸口灼熱，那是正常反應。」說完就轉身消失，跟來無影去無蹤的忍者一樣不見了蹤影。

　　大偉繼續默唸他的《心經》……

是諸法空相，不生不滅、不垢不淨、不增不減，是故空中無色，無受想行識；無眼耳鼻舌身意；無色聲香味觸法⋯⋯他的心頭猛然掀起一陣翻江倒海的滔滔巨浪。一種讓人手腳發冷、眼眶發紅的熱血狂潮。那是許金木打敗麥克林登的一幕、那是高三初吻的一刻、那是大專聯考放榜的一天、那是小玉答應與他牽手的一夜⋯⋯這種面對偉大時刻的崇高感覺，因為好久不再做夢，已經遙遠陌生。這，真的是一腔熱血、一種悸動！

手術台旁的電視螢幕，像突然通電了一樣開始浮現影像。一台對著他胸口的掃描儀器，藉著剛剛流入心臟的顯影劑，開始接收到畫面感應。

冠狀動脈的形狀有點像從衛星上往下看到的像樹枝一樣的河流。螢幕上本來應該出現三條主要河脈，無奈此刻只能看見兩條，另一條因為堵塞，血液無法流入，所以沒法顯影。這是他在頭部姿勢保持不動，把眼珠用力往下扭轉到快要脫眶才看到的實

況轉播。

他看見一條中空導管和一根導線，正在往他的心臟鬧區挺進。從 X 光片般的畫質看去，導管和導線的形狀，讓人聯想到會蠕動的條蟲與鉤蟲。

羅醫師的聲音傳來：「孫先生，請咳嗽一下，導管才好轉彎！」他很聽話地配合演出，從局外人變成能共襄盛舉，讓他有了一些參與感。

不亞於雪山隧道被打通的一刻，他眼看著原本螢幕上黑暗的斷流部份，剎那間從粗到細，流出了一支令人感動的珊瑚樹枝。十八個小時的胸悶，突然間就消失了。如果不是被綁著，他會立刻坐起來為醫師們的神奇手藝鼓掌歡呼。

羅醫師又出現了！開口就說：「大偉兄，打通的這個部位需要

做支架撐住，以免再次堵到，這部份健保可以給付。另外還有一個地方也快堵了，是不是也一併做個支架？但這部份要自費！」

車子既然進場大修，引擎蓋也已經掀開，整車被千斤頂給頂起來……該加裝的零件就裝吧！這是他當時的想法。其實，如果可能，他恨不得把整個引擎的管線都裝上支架保固，免得來日車子開著開著又再發生短路。

羅醫師又發言了：「大偉兄，支架有兩種規格，不同價錢……」這、這、這分明是賣方市場，因爲何止賣方手裡握著刀，買方身上還插著管線、綁在床上！

他不會輕易束手就擒，至少，人在斷氣之前也一定要踢腿掙扎掙扎。願聞其詳？！他用問問題的方式回答。

「不鏽鋼基本型的一個四萬。還有一種新型鈦金屬的塗藥支架，一個八萬……」羅醫師接著說。廢話！當然要選八萬的！當

年份的新車已經問世，誰還會要選去年舊款？他正要張口回答，但羅醫師接著才把話說完：「……李登輝用的就是這種新型塗藥的！」

毫不考慮，他瞬間脫口而出：「選四萬的就好！！」他的耳朵大吃一驚，因為竟然聽見自己的嘴巴吐出和腦袋相反的抉擇。

他是在最後半秒才改變心意的。因為聽見李登輝用的就是這種高檔貨！對他來說，這不是價格問題、也不是性能問題、更不是所有人都會想到的什麼藍綠問題、統獨問題。而完完全全是立場問題、價值認同問題。

眾所周知，阿輝伯愛打小白球，不僅坐擁好幾張高爾夫球證，甚至還住在鴻禧高爾夫山莊。而他呢？向來認為小白球是貴族專屬的玩意，不但排外封閉，而且阻絕蟲魚鳥獸的生存空間。這不是酸葡萄，以他的經濟條件和交往圈子。他絕對有能力、也有機

會神閒氣定地和達官貴人在果嶺上踏青散步。但是他寧可選擇趴在地上，瞄準前面的窟窿和小牛小馬玩彈珠。

活到這把年紀，他不但沒有打過一次小白球，連去練習場的念頭都沒有。對許多人來說那意謂著一種人生的失敗，對他來講卻是一種堅持、一種對主流社會價值的不妥協。或許，對別人說這是李登輝用的支架，會是有效的名人背書；對他來說，結果正好恰恰相反。

一九九六那年，李連搭檔競選總統，他為競爭者之一的陳王搭檔拍過一支廣告：在一個女聲哀傷的吟唱聲中，畫面緩緩地掠過乾涸、龜裂的土地，鏡頭繼續移動，出現一棵枯樹，看到樹的枝椏上有個孤伶伶的鳥巢，鳥巢中有三四顆白色的東西，不是鳥蛋，而是高爾夫球。

在這個一鏡到底的同時，出現一行行交替的字幕：「一個公務

員，可以心安理得的，擁有六七張高爾夫球證。乾涸的不只是土地，還有久旱的——人心！」字幕結束，一聲敲擊音效，又一顆高爾夫球掉進鳥巢裡。畫面黑，陳王競選口號與標誌出現。

　　他對高爾夫球的成見，雖然多年來不至於刻意隱藏，但也沒有旗幟明顯地四處張揚，原因是他知道周遭的親朋好友，有太多的高爾夫球痴！人與人交往，異中求同是包容、是體貼。他當然也知道，親友對他的許多胡作非為、自以為是，也不見得全都贊同，同樣也是諸多忍讓。

　　羅醫師和他的小組成員，繼續操作管線進進出出，通過大偉的動脈這條血山隧道，鑽到他心臟裡去整治血管的堵塞和坍方。醫師們埋首工作，不再干擾大偉的喃喃自語，其實他是默唸《心經》。在導線前端的氣球把網狀支架撐起來時，心臟明顯的擠脹疼痛讓他分心。而那個感覺他知道有標價，一次四萬起跳。

他又有個新發現，那就是一心不只可以二用。一個自己很流暢地默背著《心經》，另個自己卻還能聽著醫生們的說話，而發現這個現象的是不是又一個自己？三個自己又會合而為一，一起苦惱思索這個問題。結論是：這種問題，要去請教高僧大德，自己僅是凡夫俗子。小兵無須煩惱將軍的事情……或許……醫生們也是在一心二用也說不定。不然，怎麼聽見其中之一說他正在考慮 Lexus 的休旅車……沒有任何麻醉，但是他卻開始自發性的迷迷糊糊起來。

　　一個小時就這麼過去了，手術也突然就宣佈完工了。手術室跟錄影收工的攝影棚一樣，收器材的急著收器材、關電燈的趕忙關電燈。他也並沒閒著，急急忙找空檔插嘴，建議那位想買休旅車的醫生可以考慮 Infinite 的 QX4……不只因為那是他做廣告的商品，而是基於他的使用心得。只恨事出突然，沒能隨身帶著汽車型錄。

他被推到一旁，像一部在修車廠剛修好的車一樣，晾在那裡等待。等待什麼？等待車廠技師對車主講解車子損害的狀況、修復的情形，該付的費用、然後車主才會拿鑰匙來牽車！車主是誰？就是大偉家的戶長小玉。

他聽見羅醫師在跟小玉講解剛才的戰況，他是如何在四面楚歌之中殺出一條血路，為孫大偉的心臟打通了一條輸送氧氣的運補線。聽起來好像不只用言語，同時還有電腦圖像做輔助說明。小玉也提出一些相關問題，醫師也一一的回答。

原來，在心臟顯影的時候，羅醫師不只看到那條堵塞的血管，同時發現另外一條也即將步上後塵。但是當務之急是搶通已經堵到的，另一條快堵到的最好等眼前情況穩定下來之後再來動手。否則，如果一次試圖解決兩條，萬一造成雙殺，那就真的只有出局了！

真的是等了好長的一段時間。後來知道，是因為加護病房還是

擠不出空床，不知道要把他往哪裡移送。

　　有一年，他從台北連夜開車到高雄榮總，焦急地守候在開刀房外，來回踱步、坐立難安地期盼著母親能從裡面平安歸來。

　　那個地方，景象奇特，有點像是某個機場接機的地方。一排一排的塑膠座椅，坐著等待親友、心急如焚的人群，他們的眼睛盯著一整排懸掛著的顯示飛機起降的螢幕。上面顯示一列又一列的跑馬燈字幕，ＸＸＸ等候中、ＸＸＸ手術中、ＸＸＸ恢復中……那些字幕跑得好快、消失得好快，那也是他能得知母親現況的唯一依據！

　　冰冷的不鏽鋼門不時打開，護士推著動完手術的病人出來時，會對著等候的人群高聲點唱：「ＸＸＸ家屬！？」被點到名的家屬馬上就會衝向前去，就像久別重逢一樣，苦心思念的人們終於再度團聚。他們簇擁在病床四周，一起推著病床、陪著病人朝向

病房而去。

　　鐵門又開了！躺在上面的人很瘦小，看不出是男是女。護士又開口了：「XXX家屬？XXX家屬？」現場竟然沒有一個人起身回應。「X－X－X－家屬！？」護士的聲調又提高了些，依然沒有人回應。等候的人群有些不安，彼此看來看去。

　　想不到床上躺著的人這時候竟然緩緩地把頭抬起，用盡最後一口氣似地吐出一句鄉音：「沒有家屬！」然後頹然倒下。

　　他當時想衝上前去當個暫時的家屬，從小讀過的愛的教育書中也是這樣教的。但是、但是結果他卻什麼事情也沒有做，只是一個人呆呆坐著為那退伍老兵傷心、為自己的沒有及時行動嘔氣。他真的很怕母親在他走開的時候被推出來，成為另個舉目無親的榮民。

一位匆忙走過的護士訝異地發現被遺忘的他還在苦苦等待招領，於是出聲詢問打斷了他的回憶：「羅醫師，請問這個病人要推到哪裡！？」他在第一時間就脫口接話：「太平間！！」他只是想表明自己還活著。「呸！呸！呸！」天使美眉反應更快，忍不住笑著連發出幾聲去除霉氣的音效後得到指示，在加護病房的床位還沒喬出來之前，暫時先把他推到急診室列管。除了加護病房，一有狀況發生，急診室裡的人手反應最快。

他和小玉終又重逢了！雖然只分手一個多小時，但是已經在鬼門關口進出了一趟，目前的狀況是交保候傳。他也不是空手而返，他的心臟血管裡多了兩個網狀金屬、右腿鼠蹊部的動脈裡，插著沒有拔掉的管線、胸上連著心電圖儀器、手上吊著點滴、鼻孔裡塞著氧氣……他和小玉握著手通過電梯、經過長廊、穿過人群，回到天還沒亮他們就趕來報到的急診室。

那個急診室的帥哥還在當班，並且生意好得接不完。他被擺在

醫生旁邊，一有風吹草動，立刻就能急診。於是醫生看診，他就旁聽。

急診室不是一個簡單的地方，在這裡讓人真切地看到血肉之軀的脆弱和無助。大部分到這裡報到的人都會覺得那是一種意外，其實意外就像突擊檢查，藉著無所遮掩的臨檢，才能看到生命的本質和人生的無常。

急診室裡看診的遊戲規則，也並不是一般人習以為常的那樣。從小國民生活須知就教導大家，凡事就像買票看戲一樣要懂得排隊，先到先看，後到罰站。

急診室裡的玩法可不相同，那裡是視病情的急迫性來決定看診順序。所以常會看到好像插隊的事情發生。

有一回他陪著緊急送醫的大姊待在台北榮總的急診室，看見有

一位摔斷手臂的老兵，一再地被後來的病患超車，就挺身對護理人員提出質疑。她們耐心的告訴他，這位老榮民，眼前並無生命危險，而插隊的那幾個人，有可能隨時會掛掉！並不是因為他們看起來比較高檔體面。

外科急診的病患，通常病情看起來比較緊急，因為流血本來就會讓人觸目驚心。畫面驚人，但是往往結果不見得就會致命。而內科的急診病患可就難說，尤其是心血管疾病，前一秒鐘人還有說有笑，後一秒鐘可能就斷了氣！這就叫人心隔肚皮。換個說法就是知人知面不知心。

後來，他那霹靂火個性的二姊來了，她也發現了同樣的情形，馬上一把火就熊熊燒起！眼看急診室的工作人員個個都要去掛急診，他沒有一如往常地衝上前去為姊姊當前鋒、打頭陣，反而選擇吃裡扒外地極力勸阻。二姊，事情不是妳以為的那樣。我在這已經待了好幾個鐘頭，眼看那個醫師忙得像狗一樣，他連中飯

都忙得沒時間吃，便當在桌上都已經放冷掉……從那天起，每當他覺得自己血壓突然升高、想要路見不平、插手管閒事的時候，他都會先想一想那天急診室裡的情景。

一個身穿國中制服的少年來到他的床前，那是他早上倉皇出門來不及告別的小馬。雖然只是國二年紀，身高已經接近一八〇，平常一副什麼都不在意的酷樣，此刻卻回復到小時候受到委屈時的淚眼汪汪！

小馬、小馬，不要哭，爸爸沒事！不過，你要記得爸爸跟你說過的話、和提醒過你的事。以後，你要多聽媽媽的話……

那一刻，是他二十四小時以來，第一次紅了眼眶。他並不是透過小馬的淚眼，看到別離可能為家人帶來的傷痛。而是因為發現自己此刻氣若游絲，才短短幾句話，只能細聲細氣用公公似的假聲發音，而且說得上氣不接下氣，像連續劇裡假假的臨終告別。

中午過後，加護病房有空位了，他再度被推著在醫院裡遊街，穿過人群、搭上電梯來到最接近天國的頂樓。

　　那是一個門禁森嚴、閒雜人等一概不得入內的管制區域。有資格躺在裡面的病人，每一個都正在和死神討價還價、拉扯拔河。

　　裡面沒有隔間，只見一張一張床位用簾幕隔開，顯然是為了方便醫療人員對現場的掌控。但是也因此而聽得見左鄰右舍的呼喊和緊急，很嚇人！躺在這裡，心臟一定要夠強！這是他的初步心得。另外，護理人員都戴著口罩，只露出兩隻說話的眼睛，感覺有點像是旅遊雜誌上的中東回族女性，引人遐想，非常迷人。怪不得眼睛又叫靈魂之窗。這是他另一個體認。

他認為，加護病房的白衣天使應該都經過挑選，除了專業能力考量，另一個就是和藹的態度和姣好的容貌。那會讓病人覺得這個世界還值得留戀。否則，如果掉以輕心地放任一個晚娘面、寡婦臉在裡面四處走動，那個月的死亡數字應該馬上就會提高。

這可不是在開玩笑，病人的求生意念強弱與否在加護病房裡很重要，要讓他們萬念俱灰其實也相當容易，不信邪就雇用牛頭馬面進來穿上白色衣裳！

不能怪他胡思亂想，因為整個人能動的好像只有頭殼內外兩處地方。直挺挺的不能側身，只能盯著天花板和那些一閃一閃表示人還活著的儀器。就像電影裡躺在工作台上的科學怪人，靠著接滿全身的電線和一堆會發亮的儀器維繫生命，一有數據上的變動，儀器還會發出警報，護士馬上就會跑來一探究竟。

「為什麼不在天花板上裝電視？」他問護士美眉。

「裝不上去吧？勉強弄上去，萬一掉下來會很危險的！」

美眉三言兩語就想把他打發。

「技術上應該不成問題！？現在不是有液晶平面電視？」

早就想過這個問題的他，馬上就提出解決方案。

護士想用另個理由叫他閉嘴：「電視聲音會打擾其他病人吧！？」

他馬上接著說：「電視可以無聲，看的人只要戴上耳機，就像在飛機上一樣。」

護士看他的眼神開始不太一樣，可能在她的經驗裡面看過各種怪叔叔，但卻是第一次碰到成年的問題兒童。啞口無言的她離開前說會向院方反應。

護士美眉沒有唬弄他，過沒多久就帶來上級的口頭回函。這次

他只有洗耳受教，完全沒有資格回嘴，因為答案有關醫療專業：
「電視訊號會影響這些精密的醫療儀器！」他雖然心中仍有疑問，但是選擇閉嘴。因為有點累了，他想休息，像個突然洩了氣的皮球。

醒來時，醫院已經開始放飯。不出所料，菜色完全符合預期，讓人了無生趣！醫院的伙食，向來把自己畫地自限在僅是提供讓病人活著的糧食，而忘了如何勾起病人想活的慾望！即使是關在監獄裡的囚犯，如果獄方不在伙食上多下工夫，都會引發暴動。也有可能，是因為病人沒有暴動的體力，才會得到這樣的伙食！

他沒有提出質疑，試著抱著體驗的心情去品嘗眼前的牢飯。他知道，如果再對護士美眉提出建言，得到的答案一定又是專業考量：這些菜色，都是由專業營養師所設計，最能符合病人的健康需求。

其實，這種司空見慣、習以爲常的說法，是一種對工作失去了熱情和夢想的制式說辭。誰說健康和美味一定是兩個顧此失彼的極端？把醫院的伙食當成一種必須全力以赴的美食挑戰，而不是故步自封的獨門壟斷生意，那才是積極的心態和作爲。

醫院裡的營養師會不會回家下廚也是這樣吾道一以貫之？那麼，他們的小孩應該有足夠的理由可以蹺家。他想到如果能離開這裡，要想法子建議日本電視節目「料理東西軍」，找幾家醫院的營養師來火拼一下他們設計的菜色，一定會造成業界很大的影響。這份功德，應該勝過七級浮屠。

護士在做一件奇怪的事，他所喝的湯湯水水，都事先用磅秤量過並且一一登記。不恥下問的結果，得知原來爲了降低心臟的負擔，所有進出他體內的水分都要被總量管制。這下麻煩了，因爲他的噓噓也要被秤重和加減計算。

他本能地開始憋尿，試圖延後面對尷尬。護士美眉說話了：「孫先生，最好不要憋尿！因為手術時注射的顯影液具有放射性，越早藉著尿液排出身體越好。如果長時間囤積體內，會傷害到腎臟和膀胱！」聽完後他立刻決定棄尿投降。

躺在床上仰天尿尿不是一件簡單的事。困難的程度，不亞於潛水時在潛水衣內放水。重點是不能抱著想有積極作為的排擠念頭，那反而會造成肌肉緊縮、壅塞堵車；如果放手不去催它、逼它，讓它自然發生，反而流水潺潺。

本來，加護病房是不歡迎訪客的，無奈他的人生債主太多，聽說他想債留人間、拍拍屁股一走了之，紛紛上門要求做個了斷。

除了小玉、小牛、小馬、大哥、大嫂；劉紹樑、羊憶蓉夫婦來了；趙少康、梁蕾伉儷也到了；于治平、薇拉、Spy、雪莉也依序出現床前，有點瞻仰儀容的味道。沒有辦法起身招呼，端茶倒

水，他覺得很是失禮！甚至到了夜裡十一點，還有二姊率軍攻打進來探病。

聽護士小姐轉述，曾以時間太晚為由，婉拒二姊的入內，結果發現惹毛了母老虎。她想見她的么弟，並且很可能是最後一面。誰要是敢阻擋，誰就可能先一步去見閻王！

二姊在病床周遭巡了一遍，在他枕頭底下放了法力高強、驅魔避邪的寶貝！臨走前還一再交代，緊急時刻默唸《心經》緩不濟急，再有狀況，千萬要記得專心一意只唸佛號！看著姊姊認真、關心的表情，他沒敢說出他其實在手術中也摻雜著默唸范仲淹的《岳陽樓記》。

那幾樣寶貝，直到今天，他還一直放在家裡的枕頭底下。不是為了奢求菩薩保佑，而是難捨姊姊的疼愛之情。

八個兄弟姊妹裡面，二姐的性子和他最像。他母親活著的時候就形容他的急性子脾氣是：說是風、就來雨！而二姐呢？不但來風雨、還帶打雷加閃電！

　　他一方面向護士道歉，一方面在想：也還沒有發訃文，為什就一堆人來告別？人還活著的時候就先舉辦告別式，看來是個不錯的想法，主角可以瞇著眼睛舒舒服服地躺著盤算：誰該來沒來？誰不該來卻又搶著擠在前排？來的人裡面誰在乾嚎？誰在偷笑？照他媽媽生前的講法就是活著不孝，死了亂叫！

　　他參加過數不清的告別式，常常會好奇地想，如果此刻主角有知覺，除了點人頭之外，會不會覺得困在那個軀殼裡面時間難熬？除了默唸《心經》和《岳陽樓記》，不胡思亂想如何走過漫漫長路？

　　VW汽車曾經拍過一支經典廣告：公路上一長列送葬的黑車，

除了最後一輛是 VW，其他都是豪華房車。每一輛車的後座都坐
著一位死者的親友，旁白是死者用蒼老的聲音在宣讀他的遺囑，
內容是有關他的遺產如何分配。唸到哪一位親友，鏡頭就會看到
提到的那一位親友車中的情景——

我是史耐維利，心智正常，在此宣佈我的遺產分配：給我
的太太ROSE，她花起錢來好像世界沒有明天！所以我留給她
一百美元、和一份月曆。給我的兒子朗尼和維特，他們把我給
他們的每一分錢都花在美女和跑車上，所以我給他們五十美元
的一分錢銅幣。給我的事業伙伴朱里士，他只有一個座右銘，
就是花！花！花！所以我留給他的就是無！無！無！給我那些
不了解金錢價值的親友，我留給他們一塊錢。

最後，給我的侄子哈洛德，他經常說省一分錢等於賺一分
錢！他也常說：哇靠，馬克叔叔，開福斯汽車可真划算！我決
定把我的全部財產，也就是美金一仟億，全部留給他！！

有句話說得好：人死的時候，錢還沒有花完，是最虧的事；錢花完了，人卻還沒死，是最悲慘的事！

大偉想到自己一閉眼，小牛小馬領到保險金快樂打電玩的情景，自己也跟著高興了起來。也好，雖然勝利者一無所獲，但是至少身邊的啦啦隊可以得到獎賞。

當初很有責任感地買完了人壽險，大偉回家就迫不及待地告訴小牛：「老爸萬一掛了，你們兄弟倆就發了！好幾百萬的保險金，保證你們兄弟倆可以每天翹腳看漫畫看到眼睛老花。」小牛當時還小，一聽也笑的很樂，當時他長大後的志願是開個專門出租漫畫的十大書坊。

小牛還在念小學的時候，有一天他們父子同遊拉拉山。站在生命以千年計算的神木前面，他頓覺自己人生的短暫和渺小，人世間的紛擾更也是過眼雲煙。當場他就很慎重的交代小牛：「如

果爸爸哪天掛了，希望火化後骨灰灑在眼前的這棵神木底下當肥料！」

他同時提醒小牛，千萬要記好老爸心儀的是哪一棵樹！他想寄託未來終生的是一棵格局方正、態度從容的紅檜。他怕小牛到時給他胡亂一扔，結果卻碰上一棵懷才不遇、滿心怨氣的老樹，那他就淪落到倩女幽魂小倩的下場，從此成爲姥姥的手下！

從此，每逢工作和生活上的陰霾風雨，他就會望著天邊遙想，終有一天，自己的歸宿會是在崇山峻嶺的大樹下。從此自由自在，松濤是音響、山風是空調、雲彩是布幕、夕陽是燈光、飛上樹梢就能和佗哆羅並肩聽風賞鳥；落到地上也有小矮人夫婦在樹洞屋裡熱情招呼。此情此景，讓眼前的地震和海嘯，眨眨眼就全變成輕飄飄的雞毛與蒜皮。

他朝思暮想、死心塌地的在拉拉山餐風飲露飛翔了十二年，然

後決定修改遺囑，闔眼後想要換個郵遞區號落腳。這回託付的對象是小玉，小牛大了，已經不再跟著爸爸四處瘋癲。

幾個月前，他帶著小玉跑到清境農場看地，因為山對他的呼喚越來越強烈。雖然那回空手而返，但是他在鳶峰往武嶺之間，被山坡上一片全面盛開的紅毛杜鵑所俘虜。粉紅色的花海，隨著山勢像波浪般起伏。忽散忽聚的山嵐，緩緩地在花間流動，像是在花海舞台上放乾冰。若隱若現的佈景後方，挺立著一票男子漢般的台灣鐵杉。那是眾裡尋他千百度的一見傾心，再看一眼就更是鍾情。

大偉馬上把他十二年前跟小牛講過的台詞，修改地點之後懇切地對小玉再說上一遍！沒想到小玉的回答卻是：「你想得美，什麼想睡在紅毛杜鵑花叢裡！等你眼睛一閉，反正也不會說話，看我把你丟陰溝裡！」雖然小玉是用半開玩笑的語氣，他還是決定回頭找個機會再拜託小牛，這件事很重要，不能開玩笑！

想著想著大偉睡著了，他回復到童年時野孩子的模樣，在外面野太久了，終於想到好像應該回家。爸媽還是年輕時候的風采，大姊、四哥正在閒話家常，而院子裡面，燦爛地盛開著高山獨有的紅毛杜鵑。

　　故事好像應該在這打住，再扯下去就有點拖戲。不過，人生的出場與結束好像就是由不得你，該走的時候沒走、該留的時候沒留，這裡面夾雜著無奈，還有一些驚喜。

第二天早上的陽光，輕輕摸著大偉的臉，他張開眼睛，看見醫院的早餐，確定自己還活在人間，並不是身在天堂。

　　可能，是自己的錢還沒有花完，老天爺認爲任務未了，還不能死。不過，尷尬的是，好像後事都已經交代完畢，告別式也都辦了，只差現場沒有收受禮金而已。告別式結束了人卻沒有走，眞的是不知道日後出去怎麼重新做人。

　　大偉在加護病房足足想了三天，直到護士小姐個個都受不了他的提問題騷擾，紛紛向羅醫師反應，希望趕快保送這個腦神經有點問題的怪叔叔畢業。羅醫師點頭了，他獲准轉到普通病房。

離開加護病房的時候，他想到是不是該往身後丟塊石頭？電視上那些兄弟出獄都是這樣做的，期許自己以後不再回來！不過醫院裡哪去找石頭？何況他是坐著輪椅，由小玉在後面推著，往後一丟，肯定砸到的會是不離不棄、無怨無悔的糟糠之妻！

大偉平常交遊廣闊，其中販夫走卒、狐群狗黨又特別多，如果沒有節制地開放會客，可能不到幾分鐘就又要遣返加護病房。

公司同仁很貼心，已經想到解決方案，就是在病房門口貼上告示，提醒那些登門討人情債的傢伙高抬貴手、不要趁人之危、逼人太甚！

他們甚至連文案都已經寫好，並且打字列印：

真抱歉，此刻

大偉的嘴巴超想跟你聊天
但是大偉的心臟有意見
（偷偷告訴你
現在心臟暫時佔了上風）
請先留下你想跟他說的話
雖然今天沒法見到他
但大偉不會讓你等太久的
因為我們都清楚，他的心臟
怎麼辯得贏他的嘴巴

　　他一看就知道是哪些傢伙幹的，小朋友想藉著機會私報公仇。一定要提醒小牛，爸爸的告別式千萬別交到這些心懷不軌的叔叔、阿姨手裡，他們不知道會怎麼想出什麼怪招奇想，結果會壞了老爸一世英名。

　　他曾經幫一個殯葬公司做生前契約的廣告，他所提的腳本是：

一個如國家音樂廳的正式表演場合。

一個男高音唱完歌劇最後一段的高潮後鞠躬結束。

全場觀眾起立熱烈鼓掌。

男高音鞠躬後退入身後放下的簾幕裡。

掌聲依舊。

幕開，男高音出來再次謝幕。然後再度退入幕後。

掌聲依舊。

幕再開，出來的不是男高音，而是孝女白琴。她唱著和現場完全不搭調的五子哭墓。

在眾人驚愕的表情反應中，字幕浮現：

一場突兀的謝幕

會毀掉你一生精彩的演出

XX公司，生前契約

結果因為製作費用過高，所以沒能執行。從此，腳本就丟進他

腦子裡的資料庫裡塵封。

沒辦法，他懇求小玉執筆，試著用她身爲垂簾太后的口吻，親口寫下一份給軍民人等的詔文：

親愛的大偉的朋友們，

大偉看到你們會很興奮，但是
這和醫生的囑咐：心臟病患者
需要絕對的休息和靜養相衝突
因此請盡量縮短問候的時間
和強度。拜託！拜託！

差點成為未亡人的小玉敬上

不要小看這只是一張 A4 大小的紙條，版面不大，但是竟然還

會有人搶著參加比稿。

　　小玉的姊姊從中部趕來醫院幫忙。她走進病房所做的第一件事就是急著到處找紙和筆。大偉躺病床上不出聲靜悄悄地看在眼底，只見大姨子匆匆忙寫完之後就拿著紙張往門外走去，只有趕緊發出假聲詢問：「妳想幹什麼！？」

　　果然不出所料，對方理所當然地回答：「去把門上那張紙換掉啊！什麼差點成為未亡人的署名，寫得不三不四！」大偉當場氣急攻心、差點升等到太平間。雖然那是小玉的口吻、小玉的筆跡，但是不三不四的內容卻是他一句句的真情。

　　好像只有他自己，才能拿捏他和朋友之間溝通的語氣和分寸。眼前的這個牙科名醫，不只熱心過度、並且自以為是。將來給她看牙，千萬不能掉以輕心，如果大意睡著，可能滿嘴的蛀牙會被她好意地通通拔光。

他像公公一樣地咬牙切齒、但是細聲細氣：「沒有我的同意，妳不能換掉我的文案！」平生第一次，他發現小聲說話、威力更大。因為此刻他西子捧心，誰敢惹他生氣？

　　病房裡的鮮花，好像會自動繁殖，把眼睛閉上一下，睜開的時候，就會悄悄多出幾盆。過沒多久，花盆就蔓延到了門外的走廊上，它們彼此應該有著親戚關係，因為外貌上有著共同的顯性特徵，那就是千篇一律的紅色蝴蝶蘭。

　　自小，他就喜歡蘭花，尤其是蝴蝶蘭，更是伴隨他一路長大的童年同伴。

　　大偉家是日式木造房子，父母親在院子裡種了許多花草樹木。在那樣的環境長大，耳濡目染、養成了他日後看待土地與植物，像對待家人一樣有著一股不可分割的孺慕之情。

蝴蝶蘭，尤其是台灣原生種的台灣阿媽，雖然花型較小，但是體格強健、純樸自然。每年春節前後，就一定會準時看到一串串的白色蝴蝶，隨著微風在院子裡上下地搖曳。

　　蝴蝶蘭開在春天、蝴蝶蘭開在童年、蝴蝶蘭開在睡夢裡、蝴蝶蘭開在病床前……不過，現在分明是秋天，眼前的蝴蝶蘭照樣花枝招展，完全不去煩惱即將來到的冬天。這分明是現代養殖技術的人定勝天、並且試圖逆天而行。

　　如果把這些溫室中長大的蝴蝶蘭拿到山林裡野放，應該沒有一棵能夠存活！就好像在流浪狗群裡，肯定看不到一隻需要主人晨昏定省、寵愛照顧的貴賓狗。

　　話說回來，自己現在還能活著、還在呼吸，不也是全靠現代科技的突飛猛進？！如果按照自然法則，現在應該正躺在冷凍庫裡苦苦等待著烈火的暖身。不過，這也沒什麼不好，大偉又想起那

片開滿整個山頭、雲霧飄渺裡的紅毛杜鵑。

看完了蝴蝶蘭，他決定要到浴室裡去巡視一下，不是檢查設備，而是想到要仔細瞧瞧自己這副差點就被燒掉的臭皮囊！

鏡子裡的人，露出疑懼、驚駭的眼神，以為眼前看到的是另外一個傢伙！四天沒刮的鬍渣，像海膽一樣爬滿在這流浪漢的嘴巴；鬆弛的面皮和兩頰，像火雞下巴一樣的垂垮；兩個自暴自棄的眼袋，好像兩顆眼珠在用力對他吐著舌頭……

滿好笑的，才三、四天的工夫，無堅不摧的鐵人竟然落魄成為一個泥人！大偉第一個念頭就是去找相機，這是他多年來的習慣反應，看到特殊、有趣、或是會讓自己嚇一跳的事物，他都想要拍照記錄。

再低頭瞧瞧鼠蹊部動手術的傷口吧？動脈被切開的部份還貼著

膠布，看不到蓋住的傷口。但是周圍那片匆忙中被醫生砍伐掉的原始叢林，卻是相當地搶眼和突兀！好像一頭蓬鬆毛髮的雄獅，被惡作劇的人類給剃掉了半邊毛髮。這叫它從此怎麼有臉見人？只要它一衝出場，所有遇見的母獅子都會笑破肚皮。

顧不得傷口還沒完全癒合，大偉急忙從盥洗包裡翻出一把男人的刀，也就是當年為它做過廣告的舒適牌，開始小心翼翼的低頭為胯下除草，把另一半僅存的也乾脆鏟除。

果然好刀，不一會工夫，就清理得寸草不留。左看、右看、雖然是相交五十多年的老友，換了新造型還是覺得有點陌生。不過，好像又有點面熟，總覺得曾經在哪裡見過。搞了半天，他想通了，透過鏡子，他看到的是蠟筆小新漫畫裡的大象。

大偉急於把這個新發現和小玉分享。忽然想到，她一定會說，你會有這樣的幼稚想法，其實和漫畫裡的小新沒有兩樣。於是打

消念頭，選擇裝得像個成人。

走出浴室，何只鮮花，房裡竟然又長出了各式各樣的水果！那些梨和蘋果，尺寸實在大得不像話。蘋果的體積接近白柚、梨子的大小不輸小玉西瓜！還有那第一回見面的巨峰無子葡萄，竟然像是一串串深紫色的枇杷。

奇花異果只是表象，背後代表許多無法用言語表達的情誼。受人一口，還人一斗。人生在世，情義無價，這是母親在世的時候，三不五時對他的叮嚀。

2007/10/19 1:04 PM

＊〈前世〉一文為孫大偉先生寫於 2007 年單車環島後的草稿，為保留孫大偉先生寫作初衷，文字僅經校對，未做任何刪改、潤飾。

家

書

2008/9/11 10:32 AM

給小馬的信

小馬，我是把拔。

接到這封電子信件，不要驚訝，
因為老狗其實是玩得出新把戲的，只要，動機足夠強烈。

昨天，趁著難得的空閒，
我開著那輛跑了十一個年頭的 QX4，
把後座放倒，從公司頂樓搬了三盆花去礁溪。
還剩不到三個月的時間，公司租約就要到期了，
這些多年來一路跟著我的花草，必須趁早幫她們找到出路。
一路上，我不禁想著，就在這個空間裡，
曾經滿載著我們一家人的歡笑。

昨天礁溪大雨，
人在雨中，是會想起許多往事，
尤其是當我在「有鄰居」打開電腦，整理裡面的圖檔照片時。
我是 1975 進大學的。明年是我們大學畢業三十年。
身後的窗外，雨絲也在不斷地提醒，
繁華歡笑總會褪去，該是整理行囊交棒的時候了。

人總是要在經歷過人生的起起落落之後，

回首來時路，才能因為有了距離而看出，
哪裡是個因為僥倖而跨過的重要關卡，
哪裡又是因為大意而沒有好好掌握的關鍵。

相信你也知道，爸爸從初一開始，就是在敗部討生活，
就跟崩盤的股市下殺一樣，一路跌跌撞撞到高中畢業、
入伍當兵才開始橫向整理、回歸基本面。
因為，功課好壞、會不會念書，
在軍中並不是人的評估標準。
我是在那時候，才重新累積了一點點的自信。
很重要的是，我的母親和兄姊，
從來沒有放棄過她們的么兒或么弟。

念書是目的？還是手段？
念書是為別人？還是為自己？
很幸運地，當兵時我突然想通了這個道理。
在軍中服憲兵役時，常常必須面對突如其來的凶險，
其中也包含生死的抉擇。
很幸運，退伍之後我考上了輔仁大傳系。

崩盤人生，在此轉折。

在大學裡，我結交到伴隨一生的好友，

像是 SPY 叔叔、謝麗珍阿姨、和一堆你並不熟悉的人。

在大學裡，我有幸追求到終生的伴侶，

也就是你和小牛哥哥的媽媽，沒有她，沒有今天的我、和你們。

當時，我是有女友的，而你媽媽，也不乏追求者。

在大學裡，我打開了心胸和提升了眼界，

並且養成了大量閱讀的習慣。

這一切，

也是造成我喜歡收集 1975 年份的威士忌的緣由。

因為大一是班代，收藏有同學們當年繳交的正式照片，

把它們和電腦裡去年開同學時的照片相互對照來看，

對有些同學的改變不勝噓唏！

不是有句話說嗎，年過四十，

人必須要為自己的容貌負責！

其實，不僅是容貌，境遇也是一樣。

因為有過刻骨銘心的掙扎，

所以從當兵時起，我就對機會和風險比較敏感，

但是，

你會覺得我是一個瞻前顧後或是銖錙必較的人嗎？

正因為曾經一無所有過，

所以我知道一件事的輸贏得失如果你真的很在意，

就必須要比別人付出更多努力。

當所有努力都做盡之後，

你才能故作輕鬆地等待幸運之神的敲門。

辛勤耕耘過的果實才香甜。

這也是為什麼沒人願意花錢請槍手去參加鐵人三項！

當你真的努力過，即使輸了，沒什麼好灰心喪志的，

只要你還坐在牌桌上，只要你還有一個當莊的機會。

可是，當你贏了，也不必張狂，除非，你從此就下牌桌。

也因為懂得感恩，所以很多人會給把拔上桌的機會。

記得把拔跟你説過，因為不怕輸，所以我經常贏！

反過來説也可以，如果你想贏，就要學著不怕輸。

重點是你想不想擊出安打？你願不願意站上打擊區？

你敢不敢面對被三振？

小馬，你很幸運，因為你站上了讓人羨慕的打擊區，
現在命運的投手已經和捕手做完暗號，球即將投出，
爸爸和媽媽為你興奮、也為你緊張。
怕你讓時光虛度了、或是機會溜走了。

終究，爸爸和媽媽只是場邊加油吶喊的人。
你是在為自己的未來人生出戰。
三十年後，你會發現的。
媽媽不知，但確定爸爸那時候是不在了！
但是，請記得，爸爸場邊永不終止的加油聲！！
小馬，加油！！

2008/9/11 10:32 AM

2009 / 7 / 14
給小牛的信

小牛，

我心愛的寶貝，今天是你入伍當兵的日子。

這是你人生中一個非常非常重要的關卡，爸爸有許多話想跟你說。

雖然平常我們在家裡也經常碰面，但是自你進入國中後，我們之間，已經遠離從前你小時候我倆無所不談的親密時光。或許是你漸漸長大了吧？或許爸爸本質上也是個不善表達內心情感的老式男人？

事實就是，我們父子漸行漸遠。

那種感覺有點像是此刻情景，我只能眼睜睜地看著你坐上火車遠去，縱使心中有千萬個不捨和不願，但也只能勉強自己面露微笑地站在月台上揮手送行。

雖然，入伍當兵是人生必經的關卡。但是，你我都知道，你今天的遠行不是大學畢業後的坦然結果，而是一再受挫後的逆來順受。

同樣一道菜，因為起因不同，造成品嘗時的感受天壤之別。

爸爸想到，我的牛牛，這個從小受盡父母、親友寵愛的可愛孩子，自從進入大學之後，好像遭受詛咒一樣，一直陷身在敗部的漩渦裡面掙扎。

不但沒法脫身，並且越陷越深。

雖然周遭關心的人想盡各種方法，想伸手去拉你一把或推你前進。

但是，如果你自己沒有積極求生的意願，去痛改那些拖累你的負面習性，滅頂好像是必然的結果。只是時間早晚的問題。

你向來的問題就是明知身處在一趟重要的旅程，卻不時會為周遭出現的各種事物而分心。雖然偶而的行程耽擱你還能因為突然警覺而趕上，但是長期的落隊就會變成苦苦追趕，然後失掉了興趣，最終失去了信心。

爸爸在參加京騎滬動騎車遠征的時候，你媽媽和一探班者要從南京加入，雪莉阿姨她們也都決定順便騎南京到上海段，但是我就明確地建議你媽媽不要騎。因為我分得出何者為主要目標。她也加入騎車會分了我的心，會成為我的拖累！這有違她來為我加油的本意。

你媽媽聽了進去，這才是兩人相輔相成的關係。

當我騎到泰安時，全團的人都去登泰山。獨獨我沒去，因為我身體覺得不舒服，如果勉強去了，我怕危害了我此行的主要目標。

泰山多有名我當然知道，泰山多誘人我又不是鐵石心腸。更何況，我知道這應該是我今生唯一的一次機會登泰山而小天下！但是，我還是決定不去！這是爸爸的懂得取捨、懂得專注在主要目標，如果分不出主從，爸爸可能會滿盤皆輸。

爸爸在奧美待了九年九個月、爸爸在汎太熬了十年、爸爸

在偉太目前是進入第六年、爸爸和你媽媽的婚姻現在是堂堂二十七年！

你應該知道爸爸周遭的同事、朋友，工作和婚姻更換得有多頻繁！你也當然知道爸爸和你有同樣的過動毛病，如果現在我還有一些成績，都是因為勉強自己、持續專注而形成的累積！

小牛，你是個善良的孩子，當你看見周遭的人溺水的時候，你會馬上忘掉眼前的目標，不顧自己安危地伸手搭救。但是，如果從更高的角度看去，這些人之所以溺水，可能是因為受了你的影響、受了你的拖累。如果你再攪進去，那就像溺水的人會緊抓住來救他的人一樣，一起下沉。

你要救別人，只有先救自己。救了自己，也等於救了別人！

牛牛，你不知道有沒有想過？爸爸、媽媽的生命、力量也是有限。你和小馬的讓人操心、加上我的身體健康、姥姥老爺的日漸衰老、爸媽不是超人、爸媽其實也是勉強在水線上下喘息。

現在已經是在原地打轉，溺水可能只是一線之間的區別？難道，你非要等爸媽也開始嗆水，才又良心發現地趕來馳援、你才會警覺到原來所有的正面資源，都被自己在點點滴滴中消耗殆盡。

牛牛，爸爸發現，你這陣子看見爸爸的朋友時，打招呼的姿勢和神情有點心虛。或許這只是我自己的心情！

為什麼會走到這一天呢？爸爸記得你小時候看見大人打招呼時，是個全世界都為你敞開的陽光小孩。現在竟然連念書過關都不敢奢望！怎麼會這樣呢？怎麼會這樣呢？！！

牛牛，看你現在這樣，爸爸好心疼。也很悔恨，一定是從小哪裡我們沒有教好，才會讓你連連挫敗。難道，真的是如人所說，我的基因有問題？我死都不願相信！直到我閉上眼睛，我都不接受眼前是最終的結果。

牛牛，入伍當兵，是爸爸人生的轉捩點。在軍中我變成了

大人，我懂得了要對自己負責、知道了珍惜有限的機會。如果當年我沒有用行動去扭轉慣性的行為，線性發展下去最好的結果，就是退伍後去當警衛、或是開計程車。最後，我選擇了念書、上大學。

　　小牛，爸爸等著你的改變。
　　在此之前，我會努力地讓眼睛睜著。

父字 2009.07.14.

誕

生

2009年初，

孫大偉買了一株名稱為「西楚霸王」的茶花。

5月份，孫大偉到大陸參加「京騎滬動」活動，

一路上，他戴著一位結識多年的弟兄的太陽眼鏡，

這位弟兄，當時正與病魔生死搏鬥，最終，

在孫大偉旅行途中過世了。

親友瞞著孫大偉，直至他平安完成旅程。

回台後，去好友靈前拜祭的當天早上，

孫大偉意外發現了這隻綠繡眼的誕生。

從此開始記錄這個霸王花上的新生命──

旅途歸來，
分手二十五天後和花草重逢。
雖然掛了七、八棵，
但是發現西楚霸王還活著，
大大地誇獎了當花草保母的小牛。

剛慶幸沒多久，小玉卻告訴我，
崎陽在四天前走了。
剎那間，聽到烏江流水的嗚咽。

第二天早上，去祭拜崎陽前，到屋頂澆花。
發現西楚霸王上面，多了個鳥巢。

是有點白目的綠繡眼。可能是初次成家吧，
把巢築在從小掏慣鳥窩的殺手眼前。
從此，我每天除了澆花的晨昏定省之外，絕對避免出現。
因爲深怕打擾、驚嚇了這對亂世夫妻。

巢裡有三顆蛋，但是只孵出了兩隻小鳥。

牠們間隔一天問世。

黃口小子、應該形容的就是牠們現在的長相。

為牠們拍照滿不容易的，因為樹葉、樹枝的阻擋。
本想用花剪剪掉障礙物，
但是想到那些是牠們遮風避雨的屏障。
還有，如果牠們被頭頂上不時出沒的樹鵲看見，
就會變成早餐，而帳就應該算我頭上。

本以為當牠們長大一些會比較好拍。

其實不然，

因為牠們也開始張開眼睛。

看得見其實晃動樹枝的不是父母。

而是拿著相機的狗仔隊、怪叔叔。

牠們長出羽毛了，有點綠顏色。

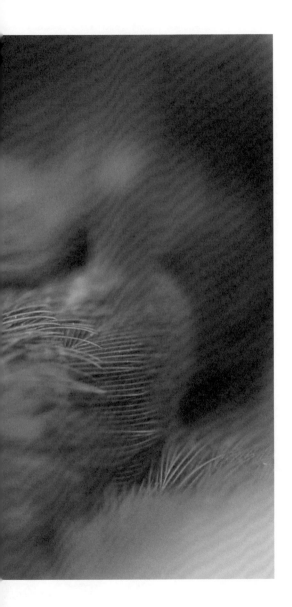

兩個害羞的小孩，
發現鏡頭一對牠們，
就把頭窩在腳下，
用背對著世界，
像鴕鳥一樣。

不知是爸爸還是媽媽回來了，
急著在四周亂轉，還不時發出秀氣的叫聲。
因為自從小鳥孵出之後，就不怕牠們棄巢而去，
所以才敢登門踏戶地拿快門亂掃射。
下回的關卡，應該會是在小鳥剛會拍翅膀時，
如果受到驚嚇而離巢，如果摔到樓下，
就會便宜了那隻流浪黑貓。

| 往前往後都是團圓

六月二十五號。

今天早上打開電視聽氣象預報，
又一個輕颱將在三天後來襲，
走的路線和上一個颱風蓮花相仿。
想到鳥窩裡的小綠繡眼來不來得及離巢？

上樓頂問候，

結果竟然看見的是一個空掉的鳥巢。

羽翼未豐就出發，讓人擔心。

不過也好，
我可以眼不見爲淨地忘掉牠們的安危。
也可以大張旗鼓地挪動花盆準備抗颱。

突然聽見鳥叫聲，
看見親鳥叼著食物在樹叢間跳躍。

順著牠的指引，

我看到了一個剛離家不知何去何從的小孩。

牠呆站在一個蕨類的球莖上，
也同時發出無助的呼救聲。
看見我接近，牠就閉嘴噤聲。
我拿著相機，一步步逼近，
從各種角度按快門，
想給自己留下一些紀念。

明澈的眼神，憂鬱的表情。

好像自己都覺得前途未卜。

親鳥急得提高了叫聲，

好像在催促牠既然生而為鳥，

既然想要飛翔，

就要拿出果斷的勇氣，

快點出發上路。

牠攀著我種在木板牆上的蘭花，

開始一小段距離、

一小段距離地往高處攀爬。

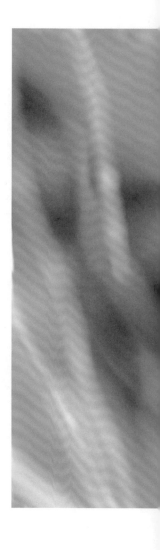

最後，牠終於飛越過了隔牆，
進到隔壁鄰居的屋頂花園。
對牠來說，已經是進入另外一個世界。

我呢？留在原地發呆，
然後動手善後、收拾殘局。

六月二十六號。

昨天夜裡，上樓頂去摸黑探視鳥巢，
希望能看見小鳥玩累了回來。結果牠們家是空的。
今天早上再去敲門，還是沒鳥應門。
確定是各自分飛了。

在澆花的時候，聽見微弱的鳥啼聲。
循聲找到這隻小傢伙。

牠應該是我昨天沒看見的那隻。

叫聲微弱，有點體力不支。

牠邊看著我按快門，邊疲累地闔上眼睛。

鳥是溫血動物，並且是高耗能引擎設計，
所以最怕降溫、最需要不時補充熱量。
想到這點，我澆花的噴頭就遠遠地避開牠的四周。

乾上一整天沒水喝，相信那些蘭花會原諒。

後來，這隻小綠繡眼也振翅飛了。

除了西楚霸王上的那個空鳥巢留下一些痕跡，

好像什麼事情都沒發生過。

環顧周遭，忽然發現，
至少水龍頭下的石臼上面，
這位釣魚的小陶偶，
應該把這整個過程都看在眼裡。

不過，看他右手撐著腦袋，
搞不好也什麼都沒看到。
因為打瞌睡！

＊〈誕生〉一文，原出自孫大偉先生
2009 年 6 月發表於 Facebook 上的圖
文記錄。經整理修改，收錄於此。

孫大偉

好奇貪玩的創意頑童，人稱廣告教父，高中時老師評
語為該生素質太差。

32歲才踏入廣告圈。從事廣告27載，創作過MTV台
好屌、March汽車、捷安特等膾炙人口的廣告，得獎
無數。出版過《人慾橫流》、《該生素質太差》、
《孫大偉的荼尾與初衷》等書。

入行前什麼都做，但也什麼都一事無成，認為一事無
成是做創意的人，一個很重要的履歷。

懷抱著初衷，始終忠於生活，對人生全力以赴。

50歲時完成鐵人三項比賽。51歲動心導管手術。54歲
帶著四個心臟支架完成單車環島。58歲，再次搶先大
家一步，踏上了新的未知旅程。

攝影／李復盛

「我對我的一生很滿意。謝謝妳、謝謝大家!」

Beautiful Day 22

往前往後都是團圓

作　　　者——孫大偉
編　　　輯——何曼瑄、黃俊隆
行銷企劃——賴禹涵、林盈孜
攝　　　影——孫大偉
製作協力——偉太廣告股份有限公司
行政編務——李佳霖

出 版 者——自轉星球文化創意事業有限公司
住　　　址——台北市大安區臥龍街43巷11號3樓
電子信箱——rstarbook@gmail.com
電話——（02）8732-1629
傳眞——（02）2735-9768

發行統籌——華品文創出版股份有限公司
電　　　話——（02）2331-7103
總 經 銷——大和書報圖書股份有限公司
電　　　話——（02）8990-2588
印　　　刷——前進彩藝有限公司
電　　　話——（02）2225-0085

2011年12月6日初版
ISBN 978-986-86839-4-5
Published by Revolution-Star Publishing and Creation Co., Ltd.
All Rights Reserved
Printed in Taiwan

首刷限量珍藏時光鐵盒版
定價：新台幣$569元 · 特價：新台幣$450元
平裝版定價：新台幣$379元

珍藏時光鐵盒
設計——聶永眞

國家圖書館出版品預行編目資料

往前往後都是團圓／孫大偉 著
──初版.──臺北市：自轉星球文化, 2011.12
160面 ；20 × 14.5公分─（Beautiful Day; 22）
ISBN 978-986-86839-4-5

855   100023643